LES
COMPTES FANTASTIQUES

DE

R. M. JULES FERRY

PAR

A. BILLEBAULT DU CHAFFAULT

Les daubeurs ont leur tour, d'une ou d'autre manière.

LA FONTAINE.

Prix : 30 centimes

PARIS

—

1883

LES COMPTES FANTASTIQUES

DE

M. JULES FERRY

Je professe autant d'horreur pour l'Empire que de mépris
pour les républicains qui nous gouvernent, j'ignore si les
comptes de M. Haussmann avec la ville de Paris ont fait sa
fortune, mais ce qu'il y a de certain, c'est que « LES
COMPTES FANTASTIQUES DE M. HAUSSMANN
PAR M. JULES FERRY » sont le seul titre à la haute position que ce Jules occupe aujourd'hui. Et ce titre est bien
mince ! Vous allez en juger.

Voyons donc si les comptes de M. Jules Ferry sous la
république peuvent soutenir le parallèle avec ceux de
M. Haussmann sous l'Empire, et lesquels des deux sont les
plus fantastiques.

M. Haussmann a dépensé beaucoup d'argent. C'est vrai ;
mais pendant son administration, non seulement l'ouvrier
n'a pas manqué de pain, mais encore il a eu une telle ai-
sance que le petit bourgeois semblait en être jaloux ; Le propriétaire et le rentier, vivant en pleine sécurité, faisaient
travailler ; tout marchait, tout prospérait et de toutes les
dépenses faites par M. Haussmann, il est resté quelque
chose, un Paris splendide et bien percé, comme ne l'aurait
jamais pu faire M. Jules Ferry, avocat sans cause et petit
rédacteur au *Siècle* ou au *Temps*. Bien au contraire, puis-

que ce sont les amis de M. Jules Ferry qui, en 1871, ont tenté de le détruire.

A coup sûr l'œuvre critique de M. Jules Ferry n'était pas dirigée contre M. Haussmann, elle ne pouvait l'atteindre, mais M. Jules Ferry faisait sa brochure pour attirer les yeux sur lui-même et il a réussi, comme on réussit toujours en pareil cas, avec des électeurs trop naïfs.

Maintenant qu'a fait M. Jules Ferry ?

Ses débuts administratifs ont été un vrai gaspillage; pendant son court passage à la mairie de Paris, il a consommé pour 4.000 fr. de curaçao. Un député voulait à ce sujet faire une interpellation à la Chambre; mais M. Thiers en a empêché.

Une pareille dépense de liqueurs n'est pas étonnante quand on connaît les gens que M. Ferry recevait.....qu'on en juge.

Après la guerre on disait au général Trochu :

« Comment n'avez-vous pas fait fusiller tous ces gredins,
» qui au mois d'octobre, pendant le siège, ont voulu faire
» une révolution ? »

» C'est facile à dire, répondit le général, mais ceux que
» vous appelez des gredins étaient les amis de mes collègues
» au gouvernement: les Ferry et autres. »

Voilà les gens qui ont bu à nos frais 4.000 fr. de curaçao en quelques semaines, aussi M. Ferry disait après la guerre devant MM. Soulier et Duportail :

« Peu nous importe la perte de l'Alsace et de la Lorraine,
« nous avons la république... ! »

Ce que je traduis ainsi :

Peu importe à M. Ferry nos désastres, il a une belle position.

M. Ferry n'a pas même restauré tous les monuments incendiés par la commune, dont il a été l'un des promoteurs.

Il a gaspillé les fonds publics par milliards, de toutes les manières, en créant des places et des sinécures dont il a gratifié tous ses parents et tous ses amis.

Il a enlevé toute confiance par ses bouleversements anti-religieux et purement de circonstance électorale, de sorte que le capitaliste effrayé a serré ses écus, et que l'étranger a quitté Paris. En un mot, il a tué le commerce et l'industrie, à ce point que ceux mêmes dont il s'est servi pour arriver, menacent de le dévorer.

Il a jeté sans résultat des millions en Tunisie, on a dit même devant les tribunaux que cette guerre n'avait pas d'autre but qu'un tripotage lucratif pour nos gouvernants.

Il est en train d'obérer l'Etat et de ruiner les communes avec ses constructions scolaires. Comme si celles qui existent ne suffisaient pas ; il eût bien mieux fait de doubler le nombre des maîtres dans beaucoup d'écoles qui n'en ont qu'un pour 60 ou 80 élèves des deux sexes.

Oui ! ce système ruinera les communes ! parce que la république ne pourra pas payer la part quelle leur a promise, et toute la charge leur incombera, cette ruine est d'autant plus certaine que les plus imposés ne sont même plus consultés sur les dépenses communales et qu'alors celui qui ne possède rien vote tous les centimes additionnels qu'on lui demande.

On me dit que chaque fois qu'un ministère croule (et c'est souvent) tout nouveau ministre reçoit 50.000 fr. pour son installation ? ? ?

Les ministres qui n'ont jamais été désinstallés ont dû toucher ainsi de bien jolies sommes.......

Si c'est vrai, j'appellerai cela une saleté !

En effet, un ministre qui donne sa démission reste en fonction jusqu'à ce que son successeur le remplace ; or si c'est lui qui se remplace lui-même, il n'a pas de déplacement ni de frais d'installation. Ces 50.000 fr. qu'on lui donne sont donc un cadeau fait avec la bourse de ce bon peuple au nom de cette BONNE NOURRICE la république.

Après tout, si ces messieurs ne font pas d'économies pour le budget, ils entendent en faire pour eux.

MM. Jules Ferry et de Freycinet ont racheté les chemins de fer du quatrième réseau et ont décidé d'en construire encore pour plusieurs milliards.

D'abord, pourquoi ce rachat?

Ne pourrait-on pas dire que c'était pour faire un petit tripotage? car les Compagnies qui exploitaient ces lignes étaient aux abois, et dans leur reconnaissance elles ont dû payer bien cher le service qu'on leur rendait en les en débarrassant.

Il importait peu à ces messieurs que ce rachat fût une bonne ou une mauvaise affaire, puisque c'était encore le bon peuple qui payait avec accompagnement de cris « vive la république ».

Puis s'érigeant en dictateurs, ils voudraient encore faire construire à nos frais des lignes du même produit ! ce serait absurde; ces chemins de fer seront sans valeur et au lieu de rapporter, leur exploitation coûtera.

Il faut les laisser faire aux Compagnies, avec l'initiative privée, sans faire payer à la France de pareilles folies.

La propriété foncière est écrasée d'impôts mal répartis, l'agriculture est en détresse, et le fermier ne paie plus son propriétaire, parce qu'un hectare de blé lui coûte plus qu'il ne lui rapporte.

Aujourd'hui on ne veut plus de la terre, on n'achète que des châteaux d'agrément, après avoir fait fortune à la Bourse, plus ou moins honnêtement.

A chaque mouvement électoral, on crie bien fort qu'on va dégrever les immeubles et protéger l'agriculture. Mais on ne lait rien, et on n'a pas envie de faire quoi que ce soit, parce que tout ne se fait que par escobarderie.

Arrivons au comble! MM. Jules Ferry et C⁰ ont outre-passé en dépenses toutes les limites du possible et de l'impos-sible, et, ne sachant plus comment faire, ils osent dire :

« Le budget a un tel déficit que nous réduisons le 5 o/o à
» 4 1/2 o/o. » (Mais ils sous-entendent ceci :) « Il est vrai que
» ce déficit provient de notre incapacité, de notre gaspillage
» et de notre étonnement de nous trouver dans des positions
» aussi élevées que celles que nous occupons. Mais si vous
» vous plaignez, nous ne vous paierons plus rien du tout,
» c'est notre droit! N'avons-nous pas à la Chambre la tribu
» des Béni-oui-oui, qui font des lois comme nous les vou-
» lons? Du reste, il ne peut en être autrement; ils ont be-
» soin de nous et du budget pour eux-mêmes, pour leurs
» fils, leurs frères, leurs cousins et leurs amis, et ils ne nous
» abandonneront pas en si beau chemin. »

Voilà à quoi sont exposés les prêteurs de la République française, avec les républicains qui la gouvernent.

Mais alors que devient la foi des contrats?

Si l'Etat avait besoin d'argent, il pouvait le demander à un impôt que tout le monde eût supporté également, tandis qu'il est injuste de n'atteindre que les porteurs du 5 o/o *dans un moment de souffrance.*

Il m'apparaît que cette réduction, qui dépasse mon imagi-nation d'honnête homme, n'est qu'une question de droit com-mun, que la citoyenne République peut être assignée comme tout autre citoyen, en la personne de son ministre des finan-ces, et je voudrais bien savoir quels motifs pourrait donner un tribunal pour justifier cette conversion, s'il était régulè-rement saisi du fait par un porteur de 5 o/o?

En effet, depuis quand en morale et en équité un débi-teur QUEL QU'IL SOIT, peut-il se déclarer libéré du tout ou partie de sa dette sans le consentement de son créan-cier ou sans l'avoir payé?

Non ! c'est illégal, et ça devient une escroquerie, quand après avoir FORCÉ les mineurs, les incapables, tous ceux qui sont soumis à des remplois, les hospices et les établissements de charité, à prendre de la rente sur l'Etat, on vient leur dire : « Nous vous enlevons une partie de votre reve-
» nu, simplement parce que nous sommes les plus forts, et
» estimez-vous heureux que nous ne vous enlevions pas
» tout. »

Enfin ce serait un crime infâme, si cette conversion n'avait été imaginée que pour faire un coup de Bourse ?

En résumé, je ne crois pas qu'il puisse se trouver un tribunal, quelle que soit sa composition CHOISIE, qui confirme une pareille jurisprudence.

Mais la citoyenne République n'est-elle pas coutumière du fait ?

Par la loi du 24 octobre 1792, elle a émis pour ses besoins extraordinaires 400 millions de livres en assignats (papier monnaie) payable au porteur, à vue et sans intérêts, *mais garantis hypothécairement sur les biens nationaux.*

Où pouvait-on trouver un titre meilleur et plus solide ?

Nulle part, si le débiteur eût été tout autre que la République !

Puis, par les lois du 28 ventôse an IV, du 16 pluviôse an V et autres, la République française a annulé les assignats.

C'était une véritable faillite dont n'avaient pas à se préoccuper les porteurs d'assignats qui étaient des créanciers hypothécaires, et comme une partie de leur gage existe encore entre les mains de leur débitrice, cette même République française, je soutiens que, malgré toutes les lois déloyales qu'elle a pu faire, elle est tenue, comme y serait tenu tout autre particulier, de vendre les dits biens nationaux et de rembourser les assignats jusqu'à concurrence du prix de la vente.

On peut me répondre que l'hypothèque n'ayant pas été renouvelée est prescrite.

Non. D'abord l'hypothèque, qui n'a pas été renouvelée en temps utile, ne perd que son rang, puis, l'hypothèque conférée aux porteurs d'assignats l'ayant été par une loi, est une hypothèque légale qui n'a pas besoin d'être inscrite, et qui, en conséquence, n'a pas besoin d'être renouvelée.

Je connais encore beaucoup de ces biens nationaux pris en 1790 aux moines et aux chapitres, tels que les forêts de Vauluisant, de Soucy, de Launay et autres. Dès lors la République française est en faillite frauduleuse avec dissimulation d'actif, et messieurs les Républicains, tout en inscrivant dans leur code que le failli ne pourra pas même être électeur, font d'une faillie leur gouvernement chéri. ...

Ponsard a fait une tragédie intitulée : l'*Honneur et l'Argent*, dans laquelle il met en lutte les nobles sentiments de la probité et les passions pour le vil métal. Si Ponsard vivait encore, il verrait qu'en 1883 les Républicains ne se donnent pas même la peine d'établir une lutte entre le bien et le mal, qu'ils prennent l'argent et se soucient peu de l'honneur.

En même temps que MM. Ferry et C⁰ font la conversion du 5 o/o en 4 1/2 o/o, ils promettent de ne pas faire de nouvelle réduction avant dix ans sur la rente.

Mais que vaut la promesse de gens qui ne tiennent pas leurs engagements? Rien!... et on peut dire du porteur de créance contre la République :

« Ah! le bon billet qu'a La Châtre! »

Les bons du Trésor se multiplient sans cesse, les dépôts dans les caisses de consignations sont absorbés, les caisses d'épargne sont dissipées et vides, et si les déposants réclamaient leur remboursement, ce serait une catastrophe, et on ne pourrait les payer qu'en rentes sur l'Etat, en augmentant la dette publique. Depuis 1873, la situation a été normale, et cependant le budget s'est accru de 300 millions. La faillite seule pourra régler des dépenses si exagérées! Ces messieurs

ont pris la France pour une maison de commerce électoral, dont ils tiennent le comptoir.

Il est maintenant facile d'apprécier la différence entre les comptes de M. Haussmann et ceux de M. Jules Ferry.

M. Haussmann a donné le travail et la sécurité à tout le monde, et il est resté de ses énormes dépenses la grande œuvre que tout le monde admire : Paris !

MM. Jules Ferry et C⁰ ont gaspillé depuis treize ans la fortune publique, sans rien faire, si ce n'est de ruiner le commerce et l'industrie, — *sans oublier toutefois de faire leurs affaires.*

En politique, il n'y a que quatre espèces d'hommes :
Ceux qui font leurs affaires, sans faire les nôtres. — Espèce Ferry et Cⁱᵉ.

Ceux qui ne font ni nos affaires ni les leurs. — Des imbéciles.

Ceux qui font nos affaires, sans faire les leurs. — Espèce rare et perdue.

Enfin ceux qui font nos affaires et les leurs. — Ceux-là, il faudrait savoir s'en contenter.

Pour amuser le peuple et ne rien lui accorder de sérieux, on a crié à tue-tête : L'ENNEMI ! C'EST LE CLERI-CALISME ! ! !

Moi je réponds : L'ENNEMI ! C'EST LE PARTI JUIF ! ! !

Voilà les vrais puissants du jour, qui mènent tous les gouvernements, qui affament le peuple et commandent les krachs à leur gré. Tant qu'il y aura des juifs en France, la France sera sous leur domination, parce qu'ils possèdent l'argent et qu'ils savent très bien qu'avec l'argent on fait tout ce que l'on veut d'hommes ambitieux et sans principe.

On me racontait dernièrement que quatre juifs des plus riches de Paris dînaient ensemble, quand l'un deux se prit à dire en riant : « Je me demande comment feront les autres » pour vivre dans 5o ans, parce que nous posséderons tout ».

Eh bien, c'est vrai ! Si la France ne se défend pas CONTRE LES JUIFS qui sont entreprenants, persévérants, souples jusqu'à la bassesse et qui se soutiennent tous entre eux. Les juifs posséderont tout avant 5o ans et les français cireront leurs bottes, car les juifs n'ont pas de patrie, pas de nationalité, ils sont là où ils peuvent DRAINER l'or et l'argent.

M. Léon Say le sait si bien, qu'il est toujours dans leur manche et ne fait rien que par eux et pour eux.

Le bon peuple qu'on appelle souverain, (pour rire) se croit quelque chose. Eh bien ! il se trompe, ce sont les juifs qui le mènent sous les noms de MM. Jules Ferry et Léon Say. C'EST LA QU'EST L'ENNEMI MORAL, POLITIQUE et FINANCIER, et si les juifs ont envahi la France, c'est que les autres nations, qui ont compris leur sinistre influence, les repoussent et vont même jusqu'à les massacrer.

La liberté est une belle chose, mais les français ne sont pas de force à la donner chez eux aux juifs et ceux qui organiseront la ligue contre les juifs sauveront la France.

En même temps que les circoncis ruinent la France, nos gouvernants la perdent dans l'esprit des autres nations, dont l'alliance n'a qu'un but, celui de nous annihiler et elles y arriveront avec les Ferry et Cie.

On a fait grand bruit à l'occasion du manifeste du prince Napoléon ; tout le secret est qu'on a eu peur, on s'est dit : Si nous poursuivons le prince et qu'il ne soit pas condamné, nous aurons un nouvel échec semblable à ceux que nous avons reçus dans les affaires de Cassagnac et de Rochefort. S'il est condamné, il ne faut pas oublier qu'il est le beau-frère du roi d'Italie, mal disposé pour la France et qui pourrait bien, de concert avec la Prusse, nous redemander Nice et la Savoie.

Cette affaire du manifeste a été aussi maladroitement menée que possible. M. Floquet a été d'un embarrassant terrible et si les princes d'Orléans en ont été les victimes, c'est encore plus au détriment de la République qu'au leur.

Je voyageais dernièrement en chemin de fer et un officier disait : « Si le duc de Chartres, au lieu de se soumettre, » avait marché sur Paris à la tête de son régiment, il aurait » eu 40.000 hommes aux portes de la capitale qui se serait » ouverte devant lui avec enthousiasme. ON EST LAS, AR- » CHI-LAS, PARTOUT, des petites gens qui nous gou- » vernent. »

Beaucoup, et moi tout le premier, sommes du même avis que cet officier.

En effet, où diable a-t-on été chercher les Jules Favre, les Jules Ferry, les Jules Grévy, les Picard, les Bert, les Floquet, les Cazot et autres pour en faire des chefs du gouvernement ? DANS LE BARREAU !!! un déluge de mots sur un désert d'idées — dirait le poète — moi je dis, un déluge de mensonges sur un désert de bonne foi.

Je voudrais bien qu'on me citât l'avocat qui a été un grand homme d'Etat ? Ces messieurs ne se mettent généralement dans la politique que lorsqu'ils ne peuvent pas faire autre chose. Pas un ne pense ce qu'il dit, pas un n'a l'intention de tenir les promesses qu'il fait, tous veulent le pouvoir pour s'enrichir... rien de plus !

Je ne sais plus dans quel journal j'ai lu que M. Jules Ferry, le grand persécuteur de la religion, S'ÉTAIT MARIÉ EN CACHETTE A L'ÉGLISE.

Au plus fort des persécutions contre les congrégations religieuses, pendant le crochetage, l'archevêque de Sens a obtenu de son consin Constans, ministre, toutes les faveurs dont il avait besoin pour construire son séminaire.

Ces farouches républicains, qui voudraient manger tous les jours un curé, ne sont donc pas si brouillés avec le ciel qu'ils le disent, quand il s'agit de satisfaire leurs intérêts.

Tout cela n'était donc que de la flatterie populaire et je suis convaincu que si un prêtre voulait faire du zèle pour la République, il obtiendrait tout ce qu'il voudrait.

J'ai eu un domestique qui, de chez moi, est passé au service du MARQUIS Floquet. Ce domestique, que j'ai revu depuis, me disait qu'il n'y avait pas dans son intérieur de despote et d'aristocrate pareil à celui qui a crié VIVE LA POLOGNE.

Ceci me rappelle une histoire de la révolution de 1789.

Mirabeau, après avoir fait à la convention un discours abracadabrant contre les titres de noblesse, rentrait chez lui prendre son bain habituel, son domestique, qui avait assisté à la séance, vint lui dire : « CITOYEN MIRABEAU, votre bain est prêt ».

Mirabeau, furieux, le regarde en face et le domestique, comprenant, s'empresse de lui dire : « Je croyais qu'après » le discours que vous avez fait tout à l'heure, je ne pou- » vais plus faire autrement que de vous appeler citoyen ».

Mirabeau, le saisissant par la gorge, lui trempa la tête dans son bain et lui dit : « apprends, maroufle, que, pour toi, je se- rai toujours LE MARQUIS de Mirabeau ».

Ainsi donc le nom de démocrate que se donnent les Flo- quet, Mirabeau et autres n'existe que dans leurs discours, et les électeurs qui les croient ne sont que des nigauds ; du reste, tout le monde sait que dès que ces gens-là sont arrivés au pouvoir, ils deviennent plus CONSERVATEURS que les conservateurs les plus endurcis, et que toutes les fois que le peuple a élevé un des siens, il s'est fait un ennemi de plus.

En effet, qu'y a-t-il de plus despote et de plus orgueilleux qu'un parvenu enrichi ? Il est bien plus désagréable et plus insolent que le grand seigneur d'autrefois, parce qu'il est moins bien élevé et que sa noblesse d'argent ne l'oblige à rien qu'à une haute estime de lui-même, jointe à un grand dédain des autres.

Gambetta lui-même n'a-t-il point dit à ce peuple qui l'a inventé et créé : « Tas de canailles, je vous poursuivrai » jusque dans vos repaires. »

M. Paul Bert est un autre type. Il flaire toujours le vent et se met toujours du côté du plus fort : à lui, je lui défends de me dire qu'il n'a pas demandé la croix de la Légion d'honneur à la fin de l'Empire, et le voilà un des plus chauds républicains… C'est à mourir de rire !

Il eût été tout aussi bien légitimiste si Henri V fût monté sur le trône de France, il est le bonapartiste du passé, le républicain du présent et le royaliste de l'avenir.

M. Mesmain, propriétaire à Pourrain (Yonne) m'a raconté que le père de M. Bert, secrétaire général de la préfecture de l'Yonne, en 1852, avait été le grand pourvoyeur des commissions mixtes.

M. Paul Bert a dit, à une personne d'Auxerre, qu'il me ferait fusiller, il fera bien de n'y pas venir seul, et de se faire accompagner d'un escadron pour le défendre ; car M. Bert n'est capable que de faire la guerre à des chiens muselés et attachés.

Pour se faire une idée du respect que l'on porte à nos républicains gouvernants, il suffit de rappeler l'histoire de M. Duvaux, ministre de l'Instruction publique, qui, de professeur de seconde à Nancy, est venu se faire bombarder à coups de boules de neige comme grand maître de l'université, par des gamins du collège Louis-le-Grand… Ces gamins pleins d'esprit l'avaient jugé !!!

A la suite de ce monde qui nous gouverne, on ne sait pourquoi, mais on sait malheureusement comment, viennent une foule de fonctionnaires, tous des amis, pris sur le même modèle que leurs patrons, de même valeur et sur lesquels on pourrait raconter une quantité de jolies histoires.

L'armée se décourage tous les jours ; néanmoins, j'espère que si elle n'est pas l'armée de la République, elle sera, au jour donné, l'armée de la patrie et de la France.

Le ministre de la guerre, M. Thibaudin-Comagny, me rappelle un fait qui m'a été raconté par le fils de l'ancien colonel Justeau et qui en fut témoin.

La commune était vaincue, les troupes entraient dans Paris par les barrières d'Italie, quand on amena, à un lieutenant, un enfant de 12 à 13 ans qui tirait sur les soldats avec un pistolet.

» Qu'on le fusille » dit l'officier, et on allait exécuter » l'ordre quand l'enfant reprit : « Pardon, mon officier, » laissez-moi reporter cette montre à ma mère, c'est sa seule » fortune et je reviens aussitôt, JE VOUS LE JURE. »

L'officier, par un sentiment que tout le monde comprendra, lui dit : « Tu me le jures ! va et n'y manque pas ! »

Le lieutenant n'y pensait déjà plus, quand, une demi-heure après, il est heurté par le gamin lui disant : « me » voilà, mon lieutenant, fusillez-moi. »

L'officier, qui était un brave et un brave homme, lui donna une petite tape en lui disant : « Je te fais grâce. » Va-t-en, conduis-toi bien et tu seras un homme. »

Je voudrais bien savoir où retrouver ce gamin, pour envoyer M. Thibaudin-Comagny à l'école de l'honneur près de lui ?

L'énorme déficit du budget est bien facile à comprendre si tous les fonctionnaires ont agi, avec les intérêts qui leur sont confiés, comme M. Wilson l'a fait avec les timbres-poste. Quelle belle leçon je conseillerais encore à M. Wilson d'aller prendre auprès des dames de la Halle !

Je voulais connaître l'adresse d'un jeune ménage malheureux, pour essayer de lui être utile, et je fus à la Halle, où je pensais trouver le renseignement que je cherchais

La personne à laquelle je m'adressai me dit : « Je les con-

» nais, sans savoir où ils demeurent, mais je le saurai
» demain. »

» Eh bien, Madame, soyez assez bonne, ai-je repris, pour
» me l'écrire, voici mon adresse et 3 sous pour le timbre
» de votre lettre. »

« Fi donc, me dit la dame de la Halle avec fierté, gardez
» votre timbre, je suis trop heureuse de dépenser 3 sous
» pour faire une bonne action. »

M. Wilson aurait pris mon timbre-poste et m'aurait écrit
sous le couvert de son administration, en pensant à la dot
de Marguerite, qui certainement épousera un comte, un
marquis, ou un duc; parce que tout républicain parvenu
veut se donner des airs aristocratiques, qu'il porte généralement assez mal.

N'a-t-on pas vu M. Gambetta dans toute sa joie, quand
il parlait de son ami le marquis de Galiffet ?

Je ne dirai rien ici de la magistrature, parce que je
prépare en ce moment une pétition aux deux Chambres avec
exemplaire à chaque membre. Cette pétition, qui sera régu-
lièrement déposée, rapportera des faits D'INJUSTICE,
DE PARTIALITÉ et de DESPOTISME flagrants que
je tiens à dénoncer à toute la France avec NOMS et pièces à
l'appui. Cependant les nominations Dauphin et Cazot m'ont
toujours tellement amusé que j'en veux dire un petit mot,
sans crainte d'épuiser le sujet.

N'était-t-il pas plaisant de voir M. Dauphin, comme procu-
reur général, être chargé de défendre la morale, lui, qui
était, en même temps, le grand protecteur de Madame et de
Monsieur Camille Appuy, conseiller à la cour d'appel de Li-
moges et destitué pour *** ?

Quant à M. Cazot, premier président de la cour de cas-
sation, c'est le grand procès de la magistrature perdu pour
elle ! c'est son hécatombe ! C'est la justice de Dieu qui lui
rend justice !

Si maintenant je résume le bilan des républicains qui nous gouvernent, j'y trouve, incapacité, folles dépenses, despotisme et par-dessus tout, ARBITRAIRE et INJUSTICE ce qui m'amème à la même conclusion que M. de Foresta.

Misère des ouvriers, leurrés depuis 13 ans.

Ecroulement dans l'ordre moral par la démoralisation ;

Les finances du pays précipitées dans un gouffre sans fond ;

Les honnêtes gens livrés à l'arbitraire le plus révoltant ;

L'augmentation considérable des faillites des délits et des crimes ;

L'agriculture, l'industrie et le commerce compromis,

Enfin l'impossibité de réaliser AUCUN DES PROGRÈS si nécessaires et si demandés.

Tel est le présent, qui nous présage un avenir plus effrayant encore et qui ne peut être conjuré que par les électeurs. Mais leur donner un conseil, ce serait perdre son temps, ils seront toujours comme le goujon, mordant à tous les hameçons.

A. BILLEBAULT DU CHAFFAULT.

P. S. — Etant sans ambition, je ne fais pas de politique, je ne me prononce ici pour aucun gouvernement, je me contente de signaler nos maux, pour constater une fois de plus que nous sommes sous la République des dupeurs et des dupés, où l'honnêteté n'a plus cours. Mais le projet de loi sur les manifestations, qui est l'acte du plus exagéré des despotismes, prouve la faiblesse d'un gouvernement dont bientôt nous serons débarrassés.

Paris. — Imp. P. DUBREUIL, 18 et 18 *bis*, rue des Martyrs.

9 782329 128047